LEKTÜRE HILFE

Die menschliche Bestie

Émile Zola

DER QUERLESER

Die menschliche Bestie

Émile Zola

Verfasst von Cécile Perrel
Übersetzt von Gerda Fischer

DER QUERLESER

Auf derQuerleser.de findest Du:
Zahlreiche verständliche und detaillierte Lektürehilfen in Nullkommanichts in digitaler Version oder als Taschenbuch.

ÉMILE ZOLA

FRANZÖSISCHER SCHRIFTSTELLER UND JOURNALIST

- **1840 in Paris geboren**

- **Verstorben 1902 in derselben Stadt**

- **Einige seiner Werke:**

  - *Nana* (1880), Roman

  - *Au Bonheur des Dames* (1883), Roman

  - *Germinal* (1885), Roman

Émile Zola gilt als einer der wichtigsten Romanciers des 19.ᵉ Jahrhunderts in Frankreich. Er ist vor allem als Führer der naturalistischen Bewegung bekannt, die die experimentellen wissenschaftlichen Methoden der damaligen Zeit auf die Literatur anwenden wollte: Nach der Beobachtung der Realität stellt Zola eine Hypothese auf und überprüft sie in seinen Werken durch Experimente. Der Romanzyklus « Les *Rougon-Macquart* », das Hauptwerk des Autors, ist ein Beispiel für diese Ästhetik. Dieser zwanzig Bücher umfassende Fresko wurde trotz zahlreicher Kritiken ein großer Erfolg.

Zola ist auch für seine Stellungnahmen berühmt, die oft zu Verurteilungen führten. Der bekannteste Fall ist die Dreyfus-Affäre, in der sein Pamphlet *J'accuse…!* (1898) maßgeblich zum erfolgreichen Ausgang des Prozesses gegen Kapitän Dreyfus (1859-1935) beitrug.

DIE MENSCHLICHE BESTIE

KRIMINALFALL BEI DEN ROUGON-MACQUARTS

- **Genre:** Roman

- **Referenzausgabe:** *La Bête humaine*, Paris, Gallimard, Coll. « Folio classique », 2003, 512 S.

- **1ʳᵉ Ausgabe:** 1890

- **Themen:** Naturalismus, Vererbung, Mordimpulse, Verbrechen, Gewalt, Personifizierung

Der siebzehnte Roman der *Rougon-Macquart-Reihe*, *La Bête humaine*, wurde zunächst als Fortsetzungsroman in der Zeitung *La Vie populaire* veröffentlicht, bevor er im März 1890 in einem Band erschien.

In diesem Werk erzählt Zola die Geschichte von Jacques Lantier, einem Eisenbahnmechaniker auf der Strecke Paris-Le Havre. Dieser ist von einer morbiden Erbanlage und mörderischen Impulsen geprägt, die ihn von Frauen fernhalten. Trotz seiner Vorsichtsmaßnahmen verliebt er sich in die hübsche Séverine Roubaud, die Frau eines Kollegen, und beginnt eine Affäre mit ihr, bis seine Krankheit wieder auftaucht und ihn dazu bringt, etwas Unwiederbringliches zu tun.

ZUSAMMENFASSUNG

KAPITEL I

Roubaud, Souschef des Bahnhofs von Le Havre bei der Compagnie de l'Ouest, verbringt den Tag in Paris, wo er von seiner Direktion vorgeladen wurde. Nach seinem Termin wartet er auf seine Frau Séverine, die die Reise genutzt hat, um einige Einkäufe zu erledigen. Als Séverine eintrifft, isst das Paar gemütlich zu Mittag, doch der Ton wird schärfer, als Roubaud erfährt, dass der Ring, den Séverine seit jeher trägt, ihr von Magistrat Grandmorin, ihrem Patenonkel, geschenkt wurde, der sie großgezogen und als Kind missbraucht hatte. Er glaubt, dass Séverine Grandmorins Geliebte ist, und schlägt sie zusammen. Aus Eifersucht beschließt er, Grandmorin zu töten. Mithilfe von Séverine, die zu verängstigt ist, um einen Aufstand zu wagen, stellt er ihm eine Falle. In einem Brief fordert sie ihn auf, mit dem Zug von der Hauptstadt zu ihrem Landsitz in der Normandie zu fahren. Als der Brief weg ist, geht das Paar zum Bahnhof, um denselben Zug zurück nach Le Havre zu nehmen.

KAPITEL II

Jacques Lantier, einer der Mechaniker der Compagnie de l'Ouest, kommt im Ort Croix-de-Maufras an der Eisenbahnlinie zwischen Paris und Le Havre an. Er kommt, um seine Tante Phasie zu begrüßen, die sich als

Kind um ihn gekümmert hat. Sie lebt mit ihrer Tochter Flore und ihrem Mann Misard zusammen. In der Nähe befindet sich ein großes, leer stehendes Bürgerhaus, das Grandmorin gehört und per Testament an Séverine Roubaud fallen soll.

Tante Phasie hat vor Kurzem ihre zweite Tochter unter merkwürdigen Umständen verloren: Während Louisette als Zimmermädchen bei Grandmorin arbeitete, flüchtete sie eines Abends schwer verletzt zu einem Nachbarn namens Cabuche. Sie starb an ihren Verletzungen, nachdem sie erzählt hatte, dass Grandmorin versucht hatte, sie zu missbrauchen. Die Geschichte wurde vertuscht. Jacques dringt, von Neugier getrieben, in Grandmorins Anwesen ein und trifft dort auf Flore, die in ihn verliebt ist. Als sie sich ihm anbietet, flieht Jacques, von dem Übel gepackt, das seit jeher an ihm nagt: Im Angesicht einer Frau quälen ihn Mordgelüste. Er läuft lange am Rand der Bahngleise entlang. Als der Zug aus Paris vorbeifährt, sieht er in einem der Wagen, wie ein Mann einem anderen die Kehle durchschneidet. Beunruhigt geht er zu seiner Tante zurück, aber auf dem Weg trifft er Misard, der ihm erzählt, dass er eine Leiche entdeckt hat, die auf die Gleise gefallen ist. Die beiden Männer nähern sich ihm: Es handelt sich um Grandmorin. Als die Polizei eintrifft, fragt sich Jacques: Soll er verraten, was er gesehen hat?

KAPITEL III

Am nächsten Morgen tritt der nervöse Roubaud seinen Posten am Bahnhof von Le Havre an. Aus einer Meldung geht hervor, dass Präsident Grandmorin am Rande des Gleises von Paris nach Le Havre tot aufgefunden wurde. Der Bahnhofsvorsteher erinnert sich daran, dass Roubaud am Vortag mit demselben Zug zurückgekehrt war, und befragt ihn. Auch Séverine wird herbeigeholt, damit sie die Aussagen ihres Mannes bestätigt. Sie bestätigen, dass sie den Präsidenten getroffen haben, aber nicht gemeinsam gereist sind. Jacques berichtet, was er am Abend zuvor gesehen hat.

KAPITEL IV

Der Untersuchungsrichter Denizet, der für den Fall Grandmorin zuständig ist, lädt das Ehepaar Roubaud, Grandmorins Tochter und ihren Mann Jacques Lantier und Mme Bonnehon, die Schwester des Opfers, vor. Bei der Lektüre des Testaments des Verstorbenen fiel ihm auf, dass das Vermächtnis des Hauses in Croix-de-Maufras ein gutes Motiv sein könnte, weshalb sein Verdacht auf die Roubauds fiel. Als Jacques verhört wird, stellt er fest, dass Roubaud dem Mörder, den er im Zug gesehen hat, genau gleicht. Von Séverine verwirrt, schweigt er jedoch. Schließlich lässt der Richter Cabuche verhaften, den Nachbarn der Misards, zu dem Louisette zum Sterben gekommen war und der damals geschworen hatte, sie zu rächen. Beim Verlassen des Richterzimmers beschließt Roubaud, der erkannt hat, dass Jacques etwas wusste, sich mit dem Mechaniker einzulassen: Er will ein Auge auf den unbequemen Zeugen haben.

KAPITEL V

Séverine reist nach Paris zu Herrn Camy-Lamotte, der Grandmorins Papiere in Ordnung bringen soll: Sie will sich vergewissern, dass der Brief, den sie ihm geschickt hatte, nicht wieder aufgetaucht ist. Camy-Lamotte empfängt sie neugierig: Er hat den Brief gefunden und verdächtigt die junge Frau als Verfasserin. Durch eine Täuschung bringt er sie dazu, einen Brief zu schreiben, und muss feststellen, dass Séverine den Brief geschrieben hat. Ihm ist sofort klar, dass das Ehepaar Roubaud schuldig ist, aber eine Anklage gegen sie würde die Compagnie de l'Ouest schwächen. Er zieht es daher vor, zu schweigen. Séverine trifft sich später mit Jacques und bevor sie nach Hause gehen, machen sie einen kleinen Spaziergang. Die junge Frau merkt, dass der Mechaniker sich zu ihr hingezogen fühlt. Er gesteht ihr halbherzig, dass er die Wahrheit kennt, verspricht aber, nichts zu verraten. Der Gedanke, dass Séverine eine Mörderin ist, verleiht ihr eine besondere Aura.

KAPITEL VI

Seit dem Mord an Grandmorin ist ein Monat vergangen. Der Fall wurde abgeschlossen, Cabuche freigelassen und bei den Roubauds scheint Ruhe eingekehrt zu sein. Nur die Uhr und das Geld, die sie zum Zeitpunkt des Mordes gestohlen haben, verstecken sie in ihrem Haus.

Jacques und Séverine bauen eine zärtliche Beziehung auf und beginnen, sich heimlich zu treffen. In ihrer

Nähe ist Jacques glücklich und seine Mordgelüste verschwinden. Sie werden schnell zu Liebhabern und machen jeden Freitag, an dem Jacques den Zug fährt, einen Ausflug in die Hauptstadt. Roubaud beginnt seinerseits zu spielen und verschuldet sich.

KAPITEL VII

Am nächsten Freitag hält der Zug in der Nähe von La Croix-de-Maufras an, weil er im Schnee stecken geblieben ist. Da die Schneeräumung sehr lange dauert, schlägt Misard Séverine vor, sich bei ihm aufzuwärmen. Dort belauscht Flore einen Kuss zwischen Jacques und der jungen Frau. In ihr kocht die Wut hoch. Als der Zug endlich weiterfährt, reagiert die beschädigte Lison (die Lokomotive) nicht mehr so gut.

KAPITEL VIII

Da der Zug sehr spät am Abend in Paris ankommt, ist die Rückfahrt erst für den nächsten Tag geplant. Jacques und Séverine verbringen die Nacht zusammen. Séverine hat plötzlich das Bedürfnis, sich ihm anzuvertrauen, und gesteht ihm den Mord an Grandmorin. Jacques stellt ihr lange Fragen zu ihren Gefühlen beim Töten, und seine Mordlust packt ihn wieder.

KAPITEL IX

In Le Havre ist Roubaud immer häufiger zum Spielen abwesend, und seine Schulden werden immer größer.

Dann beginnt er, aus der Kasse zu stehlen, die Grandmorin am Tag seiner Ermordung entwendet hatte. Als Séverine merkt, dass ihr Mann alles ausgegeben hat, gerät sie in Rage und nimmt die Uhr an sich, die sie Jacques anvertraut, damit Roubaud sie nicht dazu benutzen kann, seine Schulden zu begleichen.

Als die beiden Liebenden sich in der Wohnung der Roubauds in den Armen liegen, taucht der Ehemann auf und überrascht sie. Da er keine Reaktion zeigt, beschließen Jacques und Séverine, sich nicht mehr zu verstecken. Allerdings stört sie Roubaud und sie beschließen, ihn zu töten. Eines Nachts, als Roubaud Wache hat und im Bahnhof seine Runden dreht, folgen ihm Jacques und Séverine mit einem Messer bewaffnet. Doch im letzten Moment kann sich Jacques nicht dazu durchringen, zuzuschlagen.

KAPITEL X

Flore ist immer noch wütend und will sich an Séverine rächen, und Cabuche gibt ihr ungewollt die Möglichkeit, ihren Plan zu verwirklichen: Als der Freitagszug angekündigt wird, fährt Cabuche mit einem Karren voller Steine vor dem Haus der Nachbarn vor; Flore nutzt die Gelegenheit, um den Wagen auf die Gleise zu schieben. Der Zug prallt mit voller Wucht auf den Karren und verursacht eine schreckliche Entgleisung. Séverine und Jacques blieben unverletzt, aber der Unfall forderte 15 Tote und 32 Schwerverletzte. Flore wirft sich in der Nacht vor einen Zug, weil sie verzweifelt ist und sich der Schrecken ihrer Tat bewusst wird. In der Zwischenzeit bringt Séverine Jacques in ihrem Haus in Croix-de-Maufras unter.

KAPITEL XI

Jacques erholt sich von seinen – oberflächlichen – Verletzungen. Cabuche, der heimlich in Séverine verliebt ist, ist sehr präsent und hilft der jungen Frau bei den Arbeiten im Haus. Nach etwa zehn Tagen erlaubt der Arzt Jacques, die Arbeit wieder aufzunehmen: Er verbringt also eine letzte Nacht mit Séverine im Haus Croix-de-Maufras. Doch der junge Mann fühlt sich unwohl, da seine Mordgelüste immer stärker werden.

Die Liebenden beschließen, Roubaud eine Falle zu stellen: Sie sollen ihn ins Haus holen, ihn töten und die Leiche auf die Straße werfen, um es wie einen Selbstmord aussehen zu lassen. Doch nichts läuft wie geplant: Jacques wird verrückt, greift nach dem Messer, mit dem er Roubaud die Kehle durchschneiden wollte, tötet Séverine und flieht. Er streift Cabuche, der im Garten herumlungert, aber dieser erkennt ihn nicht und geht ins Haus, wo er Séverine auf dem Boden liegend vorfindet. In diesem Moment treffen Roubaud und Misard ein.

KAPITEL XII

Seit dem Tod von Séverine sind drei Monate vergangen. Cabuche wurde nicht nur wegen des Mordes an der jungen Frau, sondern auch wegen des Mordes an Grandmorin verhaftet. Roubaud sitzt im Gefängnis, weil er beide Morde in Auftrag gegeben haben soll. Es wird vermutet, dass er Grandmorin töten ließ, um schneller an das versprochene Erbe seiner Frau zu kommen, und dass er Séverine loswerden wollte, um allein in den Genuss des Geldes zu kommen. Beide Männer werden zu lebenslanger Zwangsarbeit verurteilt.

Jacques hat unterdessen seinen Job auf einer neuen Maschine wieder aufgenommen. Doch die Feindseligkeit mit seinem Fahrer wächst, da Jacques eine Affäre mit dessen Geliebter hat. Eines Abends kommt der Fahrer völlig betrunken zur Arbeit und weigert sich, Jacques' Anweisungen zu befolgen. Die beiden werden handgreiflich, während der Zug auf die Gleise rollt. Während des Kampfes stürzen sie und werden von den Rädern zerrissen.

UNTERSUCHUNG DER CHARAKTERE

JACQUES LANTIER

Jacques Lantier ist ein 26-jähriger, großer, dunkelhaariger junger Mann: „Schöner Junge mit einem runden, regelmäßigen Gesicht, das jedoch durch zu starke Kieferknochen verunstaltet wurde. Sein Haar war dicht gepflanzt und kräuselte sich, ebenso wie seine Schnurrhaare, die so dick und schwarz waren, dass sie die Blässe seines Teints noch verstärkten." (S. 65) Von seinen Eltern verlassen, wurde er von seiner Tante Phasie aufgezogen, zu der er eine tiefe Zuneigung empfindet. Er besuchte die Kunst- und Gewerbeschule und entschied sich nach seinem Abschluss für den Beruf des Eisenbahnmechanikers, da er sich von der Einsamkeit angezogen fühlte, die dieser Job mit sich brachte.

Seit seiner Jugend leidet er unter heftigen Kopfschmerzen, die ihn in eine Art Rauschzustand versetzen. Er wird oft von gewalttätigen Impulsen geplagt und träumt davon, Blut zu vergießen und das Gefühl zu erleben, das ein Mörder beim Töten hat. Vor allem die Gesellschaft von Frauen beunruhigt ihn, weshalb er vor ihnen flieht. Die Geschichte erzählt von seinem Kampf, nicht in die Monstrosität abzugleiten. Trotzdem unterhält er eine Affäre mit Séverine, der Frau des stellvertretenden Chefs des Bahnhofs von Le Havre, und vernachlässigt seine

Cousine Flore, die in ihn verliebt ist. Auch wenn er eine Zeit lang von seinen Trieben befreit zu sein scheint, schneidet er seiner Geliebten schließlich die Kehle durch, wird aber nicht verhaftet.

Er stirbt während eines Streits mit dem Fahrer seines Zuges, als er auf die Gleise fällt. Er ist ein psychisch kranker Mann. Er ist sich seines Zustands bewusst und versucht vergeblich, seinen Neurosen zu entkommen: Am Ende des Romans triumphiert seine Bestialität.

SÉVERINE ROUBAUD

Séverine Roubaud ist eine junge Frau von 25 Jahren: „Sie schien groß, schlank und sehr beweglich zu sein, fett, aber mit kleinen Knochen. Sie war zunächst nicht hübsch, mit einem langen Gesicht und einem starken Mund, der von bewundernswerten Zähnen beleuchtet wurde. Aber wenn man sie ansah, betörte sie durch den Charme, die Fremdartigkeit ihrer großen blauen Augen unter ihrem dichten schwarzen Haar." (S. 33) Sie weckt das Begehren aller Männer im Roman: Sie ist Roubauds Frau, die ehemalige „Geliebte" des Präsidenten Grandmorin und Jacques' Geliebte; Cabuche ist heimlich in sie verliebt und sogar der Generalsekretär Camy-Lamotte stellt die Hypothese auf, dass er sie erpressen könnte, um ihre Gunst zu erlangen.

Sie ist die Tochter des Gärtners von Grandmorin. Nach dem Tod ihres Vaters wird sie von diesem betreut, der auch ihr Pate ist. Als sie Roubaud heiratet, kommt das Paar unter den Schutz des Magistrats. Dieser soll ihr

testamentarisch das Anwesen Croix-de-Maufras verer-
ben. Später erfährt man, dass Séverine, die von
Grandmorin als junges Mädchen missbraucht wurde,
seine „Geliebte" ist, was ihren Mann rasend vor
Eifersucht macht, als er davon erfährt. Sie hilft ihm, den
Magistrat zu töten, doch von diesem Zeitpunkt an zer-
bricht ihre Ehe. Daraufhin nimmt sie Jacques Lantier
als Liebhaber, der sie schließlich tötet.

Zu Beginn des Romans erscheint sie als zerbrechliche
und fügsame junge Frau: Sie gehorcht gedankenlos
Grandmorin, der sie körperlich ausnutzt, und dann
ihrem Ehemann, indem sie ihm hilft, ihren Beschützer
zu ermorden. Doch allmählich verlässt sie ihre Passivität
und wird zu derjenigen, die zum Bösen anstiftet:
Während ihrer Affäre mit Jacques bringt sie diesen
dazu, Roubaud zu töten.

ROUBAUD

Roubaud geht auf die Vierzig zu, hat rötliches, krauses
Haar: „Sein Bart, den er ganz trug, blieb ebenfalls dicht,
sonnenblond. Und als mittelgroßer, aber außerordent-
lich kräftiger Mann gefiel er sich in seiner Person,
zufrieden mit seinem etwas flachen Kopf, der niedrigen
Stirn, dem dicken Nacken, dem runden, blutroten
Gesicht, das von zwei großen, lebhaften Augen erhellt
wurde." (S. 31) Als pflichtbewusster Angestellter ver-
dankt er seine Entwicklung seiner Heirat mit Séverine:
Durch deren privilegierte Beziehungen zu Präsident
Grandmorin wird er Souschef des Bahnhofs von Le
Havre. Er ist aber auch ein brutaler und gewalttätiger

Mann, der nur seinen Instinkten gehorcht – er wird übrigens häufig mit einem Tier verglichen. Als er von der Affäre seiner Frau mit Grandmorin erfährt, treibt ihn seine Eifersucht so sehr in den Wahnsinn, dass er dem Präsidenten im Zug brutal die Kehle durchschneidet. Nach diesem Mord ist sein Leben nur noch ein langsamer Verfall: Er beginnt zu spielen, verschuldet sich, kommuniziert nicht mehr mit seiner Frau und reagiert nicht einmal, als er sie in den Armen ihres Liebhabers erwischt. Außerdem scheint er sich selbst immer fremder zu werden, da er ständig zwischen dem Bahnhof und dem Café umherirrt. Schließlich wird er verhaftet, weil er den Mord an Grandmorin und Séverine in Auftrag gegeben hat.

FLORA

Flore ist die Cousine von Jacques Lantier. Sie ist „ein großes Mädchen von achtzehn Jahren, blond, stark, mit einem dicken Mund, großen grünlichen Augen, einer niedrigen Stirn unter schweren Haaren. Sie war nicht hübsch, hatte starke Hüften und die harten Arme eines Jungen" (Kapitel II). Sie wird als Wilde dargestellt, wie die Gegend um Croix-de-Maufras, die sie gut kennt, und wird als starke Frau mit einer bemerkenswerten Größe beschrieben. Ihre Schwester Louisette starb, nachdem sie von Grandmorin missbraucht worden war. Sie lebt mit ihrer Mutter Phasie und ihrem Stiefvater Misard im Torhaus, das an Croix-de-Maufras angrenzt.

Sie ist seit Langem in Jacques verliebt, weist aber alle seine Verehrer ab. Sie ist sehr eifersüchtig, fühlt sich von ihrem Cousin betrogen, als er Séverine zur Geliebten nimmt, und spürt in sich „den wilden Instinkt zu zerstören" (Kapitel X). Um die Liebenden zu töten, verursacht sie eine große Eisenbahnkatastrophe, indem sie Cabuches, mit Steinen beladenen Karren auf die Gleise schiebt. Zwar gibt es bei dem Unfall mehrere Tote und viele Verletzte, doch Lantier und Séverine bleiben unversehrt. Unfähig, den Schrecken ihrer Tat zu ertragen, wirft sie sich vor einen Zug: „Aufgerichtet in ihrer hohen, geschmeidigen Taille einer Statue, schwingend auf ihren starken Beinen, schritt sie voran. [...] Und in dem entsetzlichen Aufprall, in der Umarmung, richtete sie sich noch einmal auf, als ob sie, von einem letzten Aufbegehren einer Ringerin aufgerichtet, den Koloss hätte umarmen und ihn niederstrecken wollen." (*id.*)

SCHLÜSSEL ZUM LESEN

DER NATURALISTISCHE ROMAN

Die Geschichte des naturalistischen Romans beginnt 1865 mit der Veröffentlichung von *Germinie Lacerteux* von Edmond (1822-1896) und Jules (1830-1870) de Goncourt, in dem der Fall eines nach Paris gekommenen Landmädchens und ihr Abstieg detailliert geschildert werden. Die sogenannten naturalistischen Schriftsteller lassen sich von wissenschaftlichen Beobachtungsmethoden inspirieren, insbesondere von der Thermodynamik und der Medizin. Sie führen also die Arbeit der Realisten, die sich vor allem für die Unterschicht interessierten, weiter und versuchen nun, Neurosen, Wahnsinn, Triebe und – im Rahmen von *La Bête humaine* – das, was Zola als die „tauben Vegetationen des Verbrechens" bezeichnet, heraufzubeschwören.

Es ist möglich, in Zolas Naturalismus zwei verschiedene Perioden zu sehen: Die Erste beginnt mit der Herausgabe von *Mes haines* (1866) und endet 1878 mit der Lektüre von Claude Bernards (Arzt und Physiologe, 1813-1878) Werk *Introduction à l'étude de la médecine expérimentale (Einführung in das Studium der experimentellen Medizin)*. Zu diesem Zeitpunkt lehnte er die Ideen von Hippolyte Taine (französischer Philosoph, 1828-1893) ab, die seiner Meinung nach dem Determinismus (der Verneinung des freien Willens) viel zu viel Bedeutung beimaßen und die Frage der Persönlichkeit nicht ausreichend berücksichtigten. Die zweite Periode des

Zolschen Naturalismus ist die Zeit, in der er seine Lehre ausarbeitet, die der experimentellen Methode gewidmet ist, d. h., dass die Beobachtung einer Situation es ermöglicht, Hypothesen zu formulieren, die durch die Erfahrung bestätigt oder widerlegt werden. 1880 veröffentlichte er *Le roman expérimental (Der experimentelle Roman)*, eine Sammlung von Artikeln, in denen er seine neue Theorie vorstellte:

> *„Das Ziel der experimentellen Methode in der Physiologie und der Medizin ist es, die Phänomene zu untersuchen, um sie zu beherrschen […] Dieser Traum des Physiologen und des experimentierenden Arztes ist auch der Traum des Romanautors, der die experimentelle Methode auf das natürliche und soziale Studium des Menschen anwendet. […] Wir sind mit einem Wort experimentelle Moralisten, die durch Erfahrung zeigen, wie sich eine Leidenschaft in einem sozialen Umfeld verhält."*

Dieses Experiment wird anhand der Familiensaga «Les Rougon-Macquart» durchgeführt.

NATURALISMUS UND VERERBUNG

„Ich möchte erklären, wie sich eine Familie, eine kleine Gruppe von Wesen, in einer Gesellschaft verhält, indem sie sich entfaltet, um zehn, zwanzig Individuen hervorzubringen, die auf den ersten Blick zutiefst unähnlich erscheinen, aber die Analyse zeigt, dass sie eng miteinander verbunden sind. Die Vererbung hat ihre Gesetze, wie die Schwerkraft", erklärte Zola im Vorwort zu *La Fortune des Rougon*, dem ersten Band der Romansaga der Rougon-Macquart. Ausgehend von einem doppelten Postulat – der Mensch wird durch sein Milieu und durch die Vererbung bedingt – setzte Zola seine Figuren in ein bestimmtes Milieu und untersuchte sie dann wie ein

Arzt, indem er die Tatsachen beschrieb, die angesichts der Grundannahmen notwendigerweise eintreten mussten.

In *La Bête humaine* betont Zola mehrmals die schwere familiäre Vererbung, die Jacques trägt. Er ist der Sohn von Gervaise Macquart, die obdachlos in Paris starb, nachdem sie dem Alkoholismus verfallen war, und von Auguste Lantier, ihrem Geliebten, einem Mann ohne Moral. Seine Urgroßmutter, Adélaïde Fouque, eine der Hauptfiguren in *La Fortune des Rougon,* starb als Verrückte in einer Irrenanstalt. Mehrmals wird in *La Bête humaine* erwähnt, dass Jacques als Jugendlicher unter seltsamen Anfällen litt: Schmerzen zerrten an seinem Schädel, ließen ihn fiebern und depressiv werden oder ließen ihn sich wie ein Tier in einem Loch verstecken. Diese verschwanden nicht mit dem Erreichen des Erwachsenenalters, aber sie verwandelten sich und wurden zu mörderischen Impulsen. Für Zola ist dieser Makel eine Last, die ihm von seiner Familie vererbt wurde: Eine verrückte Urgroßmutter und eine alkoholkranke Mutter konnten nur einen Menschen hervorbringen, der ebenfalls unter psychologischen Problemen litt. Der hin- und hergerissene Jacques kämpft darum, seine Mordgelüste von sich fernzuhalten. Eine Zeit lang gelingt ihm das und er glaubt sogar, mit Séverine sein Glück gefunden zu haben. Doch seine ursprünglichen Instinkte holen ihn ein und am Ende des Romans, als er sich nicht mehr beherrschen kann, tötet er die junge Frau. Zola schließt mit den Worten: „[…] Er war gerade von der Erblichkeit der Gewalt mitgerissen worden." (p. 419)

JACQUES UND DIE LISON

Jacques, der gezwungen war, vor den Frauen zu fliehen, richtete seine Liebe auf seine Lokomotive, die im Roman mit einer Frau gleichgesetzt wird: „Und es ist wahr, dass er sie aus Liebe liebte, seine Maschine, seit vier Jahren, die er sie fuhr. […] Wenn er sie liebte, dann war es in Wahrheit, dass sie die Qualitäten einer guten Frau hatte." (S. 196) Sie wird übrigens benannt (die Lison) und sogar personifiziert: „Sie war eine dieser Expressmaschinen, mit zwei gekoppelten Achsen, von feiner und riesiger Eleganz, mit ihren großen, leichten Rädern, die durch Stahlarme zusammengehalten wurden, ihrer breiten Brust, ihren länglichen und kräftigen Lenden." (S. 195) Das verwendete lexikalische Feld ist durchaus das, das man eher zur Beschreibung eines Menschen verwenden würde: Die Maschine hat Arme, Nieren. Darüber hinaus pflegt Jacques sie und kümmert sich um sie, wie man es bei einem Menschen tun würde.

Nach seiner Begegnung mit Séverine funktioniert die Lison, die bis dahin keine Mängel aufwies, immer schlechter, was sich vor allem in der Episode „Reise in den Schnee" zeigt, als der Zug lange Zeit in Croix-de-Maufras feststeckt. Als die Maschine wieder anfährt, fragt sich Jacques, ob seine Lison „an schweren inneren Störungen [;] nichts ist empfindlicher als der komplizierte Mechanismus der Schubladen, in denen das Herz, die lebendige Seele schlägt" (S. 274), litt. So erweckt die Lokomotive den Eindruck, als reagiere sie so, als sei sie durch die Beziehung zwischen ihrem Lokführer und Séverine verletzt.

Man kann in dem Roman eine allgemeinere Annäherung zwischen Mensch und Maschine sehen. Tatsächlich wird das rasante Tempo der Lokomotive mehrfach mit dem Tempo des menschlichen Lebens verglichen oder zumindest parallelisiert, ja sogar mit dem unkontrollierbaren Gewaltausbruch, der mehrere Figuren des Romans kennzeichnet. So beschreibt der Autor den Le Havre-Express, der „in seiner stürmischen Gewalt abfuhr, als hätte er alles vor sich hergefegt":

> *„Es war eine Erscheinung wie ein Blitzschlag: Sofort folgte ein Waggon auf den anderen, die kleinen quadratischen Scheiben der Türen, heftig beleuchtet, ließen Abteile voller Reisender vorbeiziehen, in einem solchen Geschwindigkeitsschwindel, dass das Auge anschließend an den erblickten Bildern zweifelte." (p. 90)*

Es handelt sich um die Beschreibung einer rasenden Maschine, die durch nichts aufzuhalten scheint. Dieses Bild erinnert an Roubauds frenetischen Anstieg der Gewalt in Kapitel I, als er in Rage gerät, als er von Séverines Affäre mit Grandmorin erfährt:

> *„Roubauds Wut ließ nicht nach. Sobald sie sich ein wenig zu legen schien, kehrte sie sofort wieder zurück, wie ein Rausch, in großen, sich verdoppelnden Wellen, die in ihrem Schwindel mit sich rissen. Er besaß sich nicht mehr, schlug ins Leere, warf sich allen Sprüngen des Windes der Gewalt aus, mit dem er gegeißelt wurde, und fiel auf das einzige Bedürfnis zurück, das heulende Tier in seinem Inneren zu besänftigen."* (p. 53)

Der Mensch kann, ebenso wie die Maschine, nicht aufgehalten werden, wenn er von solchen zerstörerischen Impulsen erfasst wird.

EIN ROMAN ÜBER DAS VERBRECHEN

Die Presse der damaligen Zeit berichtete gerne über Kriminalfälle und man findet oft die Zusammenfassung bestimmter Prozesse. Zola selbst schrieb für *La Tribune* den Bericht über den Prozess gegen die drei Giftmischerinnen von Marseille, einen berühmten Fall der damaligen Zeit. Angesichts dieser Begeisterung wollte der Schriftsteller einen „Justizroman" in den *Rougon-Macquart-Zyklus* einbauen: Es handelte sich natürlich um *La Bête humaine (Die menschliche Bestie)*. Zu dieser Zeit lebte Zola in Médan, das an der Eisenbahnlinie zwischen Paris und Le Havre liegt. Er stellte sich also die Szenerie seines Werkes vor, indem er den Zug jeden Tag vor seinen Augen vorbeifahren sah.

La Bête humaine ist ein Roman voller Gewalt, der die Geschichte mehrerer Verbrechen erzählt, von denen das erste, Grandmorin, alle anderen nach sich zieht. Es wird sehr leicht getötet und immer aus niederen Beweggründen wie Eifersucht, Habgier oder Blutlust. Angesichts dieser Brutalität wird das Töten im Laufe der Handlung zu einer immer alltäglicheren Handlung. Zu Beginn, als Roubaud den Entschluss fasst, Grandmorin zu ermorden, stellt er eine clevere und kaltblütige Falle. Später, als Séverine ihren Mann loswerden will, um mit ihrem Geliebten zusammenzuleben, bittet sie Jacques, Roubaud einfach zu töten, ohne offensichtlich Reue zu empfinden oder von ihrem Gewissen geplagt zu werden. Roubaud hat zu keinem Zeitpunkt Angst vor seiner Tat. Er hat Grandmorin getötet, aber er bereut es nicht, auch wenn es in ihm große Aufregung und Nervosität auslöst. Auch Jacques möchte töten; es ist sogar Teil seines Wesens, da er seit seiner Jugend Mordgedanken hegt: „Oh! einen solchen Stich zu machen, dieses ferne Verlangen zu befriedigen, zu wissen, was man fühlt, diese Minute auszukosten, in der man mehr lebt als in seiner ganzen Existenz." (S. 299) Nur als Séverine ihn bittet, ihren Mann zu töten, gelingt es Jacques nicht. Für ihn muss das Verbrechen aus einem Impuls heraus geschehen, nicht aus einer Überlegung, es muss das Ergebnis eines plötzlichen Verlangens sein. Aus diesem Grund lässt er Roubaud am Leben, tötet aber Séverine.

Die Untersuchung von Jacques' Charakter ist ein grundlegender Teil des Werkes. Ähnlich wie Dostojewski (russischer Schriftsteller, 1821-1881) in *Schuld und Sühne* (1866) – einem Roman, in dem die Seele des Helden, eines Verbrechers, lange studiert und seziert wird, um die Gründe zu verstehen, die ihn zu einem Verbrechen getrieben haben, und die Gefühle, die ihn nach der Tat beherrschen – führt Zola lange Gespräche über den Charakter von Lantier. Er ist ein Mann, der schon immer vom Bösen besessen war, da sich seine mörderischen Impulse schon sehr früh in seinem Leben manifestierten. Er ist Opfer einer Art Persönlichkeitsspaltung, einer Dualität wie Dr. Jekyll und Mr. Hyde im gleichnamigen Roman von Stevenson (schottischer Schriftsteller, 1850-1894): Jacques spürt diese Triebe, versucht aber um jeden Preis, den Mord zu vermeiden. Insofern kann man sagen, dass es wirklich „eine menschliche Bestie" ist, die Zola uns beschreibt, ein Tier in Menschengestalt, das schließlich von seiner Bestialität eingeholt wird.

DENKANSTÖSSE

EINIGE ANHALTSPUNKTE, UM IHRE ÜBERLEGUNGEN ZU VERTIEFEN...

- Erläutern Sie den Titel des Werks im Hinblick auf Ihre Lektüre.

- Inwiefern unterscheidet sich Cabuche von den anderen Figuren im Roman?

- Untersuchen Sie die Entwicklung des Charakters von Séverine. Würden Sie sie eher auf die Seite des Opfers oder auf die Seite des Täters stellen? Begründen Sie Ihre Antwort.

- Inwieweit ist Jacques Lantier Herr seines Schicksals?

- Welches Bild der Liebe stellt Zola in seinem Roman dar?

- In *La Bête humaine* ist viel von Gerechtigkeit die Rede. Wie geht Zola mit diesem Konzept um? Welche Vision vermittelt er?

- Welche historischen Hinweise werden uns in dem Roman gegeben? Kann man trotzdem behaupten, dass *« La Bête humaine »* ein historischer Roman ist? Erklären Sie.

- Inwiefern kann man sagen, dass dieser Roman naturalistisch ist? Entwickeln Sie.

- Welche Rolle spielt der Ort Croix-de-Maufras in der Handlung? Warum hat Jacques jedes Mal ein komisches Gefühl, wenn er dort vorbeikommt? Führen Sie Ihre Antwort anhand von konkreten Beispielen aus.

- Ist das Eisenbahnmilieu Ihrer Meinung nach nur ein Rahmen für die Erzählung? Begründen Sie Ihre Antwort.

WEITERFÜHRENDE INFORMATIONEN

REFERENZAUSGABE

Zola É., *La Bête humaine*, Paris, Gallimard, Coll. « Folio classique », 2003, 512 S.

REFERENZSTUDIEN

Becker C., *Le roman naturaliste*, Paris, Bréal, Coll. « Connaissance d'un thème », 1999.

Becker C., *Lire le réalisme et le naturalisme*, Paris, Armand Colin, Coll. « Lettres sup. », 2010.

Mitterand H., *Zola et le naturalisme*, Paris, PUF, Coll. « Que sais-je ? », 2015.

Noël L., « Le principe du déterminisme », in *Revue néo-scolastique*, Nr. 45, 1905.

ANPASSUNGEN

La Bête humaine, Film von Jean Renoir, Drehbuch von Jean Renoir, mit Jean Gabin, Simone Signoret und Fernand Ledoux, Frankreich, 1938.

Menschliche Wünsche, Film von Fritz Lang, Drehbuch von Alfred Hayes, mit Glenn Ford und Gloria Grahame, USA, 1954

Deine Meinung ist uns wichtig!
Hinterlasse doch einen Kommentar auf der Seite
unserer Online-Buchhandlung
und teile Deine Favoriten in den sozialen Netzwerken!

derQuerleser.de

Literatur auf den Punkt gebracht!

ISBN digitale Ausgabe: 9782808686891
ISBN gedruckte Ausgabe: 9782808698290
Pflichtexemplar: D/2023/12603/1109

Cover: © Plurilingua
Logo: © Graphicrepublic (Freepik.com) und Plurilingua

Digitale Aufbereitung: Primento, der digitale Partner der Herausgeber.